내일 다시 쓰겠습니다

내일 다시 쓰겠습니다

송경동 시집

POET

아시아

차례

1부

일기   10

자존심   11

세계의 중심   12

A는 B다   16

오래된 가옥   18

역사의 미로   20

밑번들   22

눈물겨운 봄   24

관(官)을 관(觀)하다   25

8대 죄악   26

비대면의 세계   28

2부

봄의 용도   34

그나저나 배린 인생   36

혁명이 필요할 때 우리는 혁명을 겪지 못했어   40
　—『난장이가 쏘아올린 작은 공』 조세희를 기억하며

한 시절 잘 살았다   44

내 삶의 서재는   48

내일 다시 쓰겠습니다   52

빚에 물들다 54

동거인 56

인생이라는 뻘밭 58

사람값 60

다만 친구가 되기를 바랍니다 62

3부

희망의 의무 64

소강국면 66

나무야 나무야 68

빈손의 빈손 70

눈부신 폐허 72

있지 없지 74

희한한 셈법 76

종신형 80

대한민국 헌법 1조 82

블랙리스트 84

노인들을 위한 국가는 없다—세계 노인의 날을 맞아 88

지금 내리실 역은 이태원역입니다 92

지금 내리실 역은 용산참사역입니다 102

시인 노트 107

시인 에세이 111

발문 115

송경동에 대하여 125

내일 다시 쓰겠습니다

POET

1부

일기

어려서 쓴 수줍은 일기는
지금도 장롱 속에 잘 감춰져 있다

성년이 되면서 쓴 일기는
모두 경찰 조서나 검찰 공소장에 쓰여져
정부 문서고에 잘 보관되어 있다

혼자서는 잘 써지지 않아
여러 벗들과
함께 써온 자술서

자존심

블랙리스트 진상조사위에서 일할 때
국가정보원이 위법적으로 사찰해온
문화예술인 249명 중점관리명단을
간신히 받아왔다

이름 옆에 A, B, C 등급이 매겨져 있었는데
다행히 A등급 스물두 명에 내 이름이 또렷이 들어
있었다
B나 C였다면
난 국가정보원의 존립 이유를 믿지 못했을 것이다

세계의 중심

2003년 9월 멕시코 칸쿤으로 투쟁하러 갔지
WTO 세계각료회담 저지를 위해
전 세계에서 몰려 든 반세계화 투쟁단도 돋보였고
철책 위에서 가슴에 칼을 찌르고
한 장 낙엽처럼 떨어져 내리던
이경해 열사도 또렷하지만

더불어 오래도록 잊혀지지 않는 건
에메랄드빛 해변이 펼쳐진 세계 제일의 휴양지
도심 신축빌딩 공사장에서
검은 황태처럼 뙤약볕에 바짝 말라가며
커다란 망치와 정으로 콘크리트를 까고 있던
맨발의 소년 노동자였다

다시 십수 년이 흘러 브룩클린 국제도서전에
초청 시인으로 간 김에
세계자본의 중심이라는
미국 여러 곳을 둘러보고 왔는데
선명한 건 역시 슬픔이 깃든 자리

해질녘 시카고 도심 빌딩 사이 작은 틈바구니에
때 전 모포 한 장을 둘러쓰고 있던
내 또래 흑인 사내 하나와
그가 껴안고 있던 작은 아이들 둘
멈춰 선 나를 가만히 올려다보던
그들의 아득한 저녁

잊을 수 없는 건

영광이 아닌 비참

뜻 세웠던 곳보다 마음 무너졌던

그곳이 세계의 중심

누군가의 눈물과 상처가 있는 곳

그곳이 이 세상에서 가장 선한 힘이 새로 돋는 곳

A는 B다

영웅도 겁쟁이도 되지 않겠다고 했던
미얀마 시인 켓티는
2021년 5월 8일 쿠데타군에 끌려간 다음 날
살해당한 채 노상에서 발견되었다

쿠데타군은 그의 시신에서
심장을 떼어내고 버렸다
켓티는 생전에 "그들은 머리에 총을 쏘지만
혁명은 심장에 있다는 걸 모른다"고 썼다

'A는 B다'라는
은유의 깊은 뜻을 모르는 악령들을 가르치는 법은
의외로 간단하다
'이젠 내가 켓티다'라고 얘기해주는 것이다

오래된 가옥

우선은 살려야 하니
군불을 지펴준다고 했다

땔감을 몽땅 기업과 은행의
뜨뜻한 아궁이에 넣어
지펴주었다

아랫목이 조금 훈훈해지자
금세 땔감을 아끼고 모아야 한다는 긴축론이 나왔다

다시 도래한 긴축이라는 살얼음과
국가라는 차별적인 웃풍에 시달려
많은 사람들이 고사하고 난 후에도

오래된 집의 무너진 구들은

끝내 고쳐지지 않았다

역사의 미로

정원이 아홉 명인 미연방대법관 중
여성이 몇 명이면 충분하겠냐는 질문에
루스 긴즈버그는 '아홉 명'이라고 했다
1993년 긴즈버그가 들어가기 전까지
연방대법관은 아홉 명 모두가 남성이었지만
그것에 의문을 표하는 사람들은 없었다

물론 우리는 여권신장을 위해 일했던 긴즈버그가
비기독교인의 땅은 식민지화해도 된다는 '발견의
원칙'에 준해
인디언원주민들의 자결권을 부정하고
다국적기업 Dole의 편에 서서 환경파괴와 기업독
점을 용인하고
미식축구선수 콜린 캐퍼닉이 백인경찰 총에 맞아

숨진 흑인들을 위해
  국민의례를 부정하고 국가를 비난했을 때
  긴즈버그 역시 '개XX'라 했던 트럼프를 따라
  캐퍼닉이 무례하고 어리석다고 비난했다는 것 또한

  잊지 말아야 할 이 세계의
  복잡한 셈에 다름 아닐 것이다

  2022년 4월 케탄지 잭슨이 흑인여성으론 최초로
  미연방대법관에 임명되었다
  그는 또 어떤 질문의 앞에 서고
  어떤 역사의 미로를 걷게 될까
  미국이 아닌 모든 것 앞에서
  그는 얼마나 투명하고 정직할 수 있을까

밑변들

믿지 말아야 할 말이 있다
'이번에는 정말'이라는 말
정치인과 지식인과 전문가들, 그리고
시도 때도 없이 열뜬 복음주의자 영웅주의자들이
잘 쓰는 말이다

이번에는 고치겠다
이번에는 진짜 바꾸겠다
이번에는 정말 다시는 이런 일이 일어나지 않도록
확실히 엄정히 뿌리 끝까지 결단코 조치하겠다

…저번에 모두 쫓아냈어야 할 사람들이다
이번 사람들은 저번과는
최소한 다른 사람들이어야 했다

4월도 5월도 6월도 7, 8, 9도

껍데기만 남은 저번 분들은 이제 그만 가고

속 허한 밑번들

끝번들만 남아라

눈물겨운 봄

으쌰 으쌰

한쪽 다리가 짧은 장애를 가진 넝마주이 사내가
왼발 오른발을 피스톤인 양 힘차게 실룩이며
독산동 고갯길을 올라가고 있다

리어카보다 큰 녹슨 철 대문 한 짝 싣고
구안와사 입도 따라 꽃잎처럼 벙그러져
신났다

기운 내세요! 라는 오래된 갑골문자
거룩한 것들은 왜 모두
아프거나 가난한가

관(官)을 관(觀)하다

당신들 입이
거대한 하수구 같군요

당신들이 모여 사는 전당이
정화조 같군요

입만 열면 거짓과 부패와
욕망의 폐수가 콸콸콸 쏟아지는군요

색소와 기름기가 많아
쉬이 분해되지도 않는군요

이 너른 바다가 늘 고생이군요

8대 죄악

인도 델리에 있는
마하트마 간디 추모공원엔
생전에 그가 죄악시했던
일곱 가지 악덕이 돌에 새겨져 있다

철학 없는 정치
도덕 없는 경제
노동 없는 부
인격 없는 교육
인간성 없는 과학
윤리 없는 쾌락
헌신 없는 종교

간디의 소망대로 위 일곱 가지에 기생하는 악인들이

파문되는 세상이 온다면 얼마나 좋을까
당연하다는 생각에
그가 빼놓았을 나머지 한 가지는
'싸우지 않는 인민'일 것이다

비대면의 세계

화성에 온 것 같아요
미국 캘리포니아주에 수만 번의 번개가 치며
한달 째 100여 곳으로 번진 산불이
서울 면적 20배를 넘게 태우고도 꺼지지 않는데
기후변화 때문이란다

전 세계 산소의 20%를 생산해
지구의 허파로 불리는 브라질 아마존 밀림에서도
2019년부터 2020년 8월까지 10만 건의 산불이
1년째 타올랐는데
이 또한 기후변화 때문이란다

2020년 2월 남극 마람비오 기지에 여름이 찾아오고
북극 베르호얀스크에 38도가 찍히고

기후변화의 카나리아라는 그린란드 대륙빙하가
역대 최고 속도로 한 해 532조 리터가 녹고 있는데
이 또한 기후변화 때문이란다

안데스와 히말라야 산맥의 고원에서
지구의 거울이 되어 수억 년 태양열을 반사하며
지표를 식히던 빙벽들이 녹아 생긴 빙하호가
지난 10년 새 1.5배가 늘어나고 있는데
이 또한 기후변화 때문이라 하고

우기도 아닌 한반도에
세 번의 태풍이 연달아 오고
사스 신종플루 메르스 에볼라…
코로나19가 창궐한 까닭도 기후위기

기후재난 기후변화 때문이라는데

너무들 한다
아마존 우림이 파괴되는 것이
다국적 자본의 이해를 위해 무차별 개발을 밀어붙
이는
브라질의 신종 독재자
보우소나루 때문이었다고는 말하지 않고

너무들 한다
기후위기 기후재난의 원인이
전 세계 석유 자본의 무한 탐욕 때문이라는 것은
과잉 생산과 무한 소비를 부추기는 시장 때문이라
는 것은

그 잘난 개발과 발전의 신화 때문이라는 것은 말하지 않고

전 세계 0.1% 자본가들의
무한한 독점과 축적
제1세계의 천문학적인 안락과 풍요를 위한
약탈과 탐욕의 문명 때문이라는 것은 말하지 않는
교육도 언론도 문화도 정치도 너무하다

이 모든 종말과 파멸의 주범은
산불도 폭염도 미세먼지도 구멍 난 오존층도 아닌
태풍과 토네이도와 녹아가는 빙하도 아닌
박쥐도 천산갑도 멧돼지도 고양이도 아닌
사스도 메르스도 에볼라도 코로나19도 아닌

진실과 오랫동안 비대면해온
인간 스스로이다
우리가 끝내 우리의 유한한 삶과
무한한 세계에 대한 영원한 무지에 대해 인정하고
한없이 소박해지지 않는 한

도미노처럼 쓰러져가는
세계의 재난은
끊이지 않을 것이며
파국은
멈추지 않을 것이다

2부

봄의 용도

늘 주변을 챙기는 지인이
봄 왔으니 예쁜 스카프 하나씩 나눠 갖자고
아홉 장을 챙겨 와서
여러 쓰임에 대해 얘기해준다

목에 둘러 멋도 내고
땀 닦는 수건 대용으로도 쓰고
여성의 경우 여름철 무릎 가리개나
가는 비 막음용 머릿수건으로도 쓰고
탁자 유리에 넣어
장식용으로도 써보라고 한다

그러나 한심한 나는 그게 자꾸
집회 시 경찰채증 방지용 얼굴 가리개로만 보인다

사는 바에 따라

비로소 맞는 봄의 쓰임도

이렇게 각기 다르다

그나저나 배린 인생

스무 살 남짓에 여천석유화학단지와 광양제철소 등을 떠도는 배관공이 되었다. 멀리 서산종합석유화학단지 건설현장까지 갔다가 큰 사고 내고 다시 개털되고 나니 막막했다. 이번 생은 배렸다고, 청춘을 묻어버리자고 강원도 사북 탄광을 찾기도 했는데, 너무 캄캄해 쓰러지더라도 맨 땅 위면 좋겠다 싶어 다시 내려와 여수 해외인력송출업체에 사우디로 가는 자원서를 내고 기다리고 있을 무렵. 우연히 한겨레신문 한 귀퉁이에서 '한길문학학교' 광고를 보게 되었다.

뭘 해도 더 배릴 게 없어 무작정 수강신청서를 내고 작업복만 잔뜩 챙긴 종이 가방 세 개 들고 무작정 상경한 길. 면접장에 들어가니 뙤약볕 아래에서 방금 전까지 논매던 사람처럼, 바짓가랑이를 말아 올리고 얼굴이 탄 벼처럼 새까만 사내 하나가 "공장에선 무

슨 일을 했다고요?" 하며 벙글벙글 웃었다. 입속만
호박꽃처럼 노랬다. 또 배렸다고 생각했다. 그때까지
내가 알고 있는 유일한 시인은 여류시인 '김남조'였
는데 앞에 앉은 이는 '김남주'라는 짝퉁이라고 했다.
무엇이 그리 고소한지 실실 쪼개기만 하는 실없는
사내. 기분 나빠 그냥 나와버릴까 했지만 생각하니
나는 짝퉁도 못 되는 불량품. 짝퉁에게서라도 배우면
어떠리 싶었다.

"저 공장도 때려치고 가방 싸 올라와서 갈 곳도 없
당께요. 저 공부 좀 하게 해주세요."

…세월이 한참 흘렀다. 가끔 그날 김남주 선생이
황무지에 가깝던 나를 보며 자꾸 고소하다는 듯이

흘리던 눈웃음이 방금 전 일처럼 잊히지 않는다. 혹, 그때 내가 만났던 이가 '김남주' 시인이 아닌 '김남조' 씨였더라면 내 인생은 어떻게 달라졌을까. 조금은 말랑말랑하고 부드러운 시인이 되어 있을까?

혁명이 필요할 때 우리는 혁명을 겪지 못했어

—『난장이가 쏘아올린 작은 공』 조세희를 기억하며

"혁명이 필요할 때 우리는 혁명을 겪지 못했어. 그래서 우리는 자라지 못하고 있어. 제3세계의 많은 나라들이 경험한 그대로, 우리 땅에서도 혁명은 구체제의 작은 후퇴, 그리고 조그마한 개선들에 의해 저지되었지. 우리는 그것의 목격자야." (그렇게) "우리 세대들은 실패하고 말았어. 그것이 늘 경동이 같은 세대들에게 미안해. 우리가 조금만 더 잘했다면 경동이와 같은 세대들이 지금 하는 고생을 조금은 덜 수 있었겠지. 그것이 늘 미안해. 하지만 어쩌겠어. 경동이의 세대들이 기운을 잃지 말아야 해."

"…냉소주의에 빠지지 말자. 그런 말은 또 한 번 써줘요. 냉소주의는 우리의 적들이 제일 좋아하는 것이기 때문에. 거기에 빠지면 안 됩니다."

—조세희 선생님의 전언

2009년 겨울. 용산4구역 철거촌 망루에서 경찰특
공대에 의해 철거민 다섯 명이 불타 죽던 날. 급히
달려온 사람들과 인근 철도노조 사무실을 빌려 대책
회의를 하곤 시민들에게 현장으로 와달라고 긴급 타
전을 쳤다. 엠프 등 실무 준비를 해두니 벌써 해가
저물고 있었다. 긴급히 잡은 추모제 프로그램이 없으
니 추모시를 하나 써보라고 동지들이 얘기했다. 다시
철도노조 사무실로 달려가 컴퓨터 한 대를 빌려 무
슨 말들인가를 써 내려갔던 것 같다. 울부짖었던 것
같다. 시낭송을 마치고는 분노한 사람들에게 함께 나
아가자고 했다. 수십 겹 경찰 방어막을 뚫고 청와대
까지 내달렸다. 중간에 시청 광장 앞쪽에서 경찰 방
어막에 막힌 대오가 명동성당으로 턴했다. 그곳에서

투석전이 일어났다. 그 모든 일을 마치고 다시 현장으로 돌아가던 캄캄한 밤. 선생께서 전화를 주셨다. 참혹한 일이라며 현장 상황을 물으셨다. 말미에 '경동이가 그곳에 있을 거라고 생각했어.'라는데 참았던 눈물이 왈칵 쏟아졌다. 이렇게 참담한 밤을 기억하며 연락을 해오는 한 명의 '동지'가 있다는 것이, 놀란 사슴처럼 나약해진 내 마음을 쓰다듬어주는 한 명의 '벗'이 있다는 것이 얼마나 큰 힘이 되었는지 모른다.

한 시절 잘 살았다

나는 내 시에
푸르른 자연에 대한 찬미와 예찬이 빠져 있음을
한탄하지 않는다

나는 내 시에
부드러운 사랑에 대한 비탄과 환희가 빠져 있음을
아쉬워하지 않는다

나는 내 시에
저 드넓은 우주에 대한 경배와 경이로움이 빠져 있음을
억울해하지 않는다

나는 내 시에
빛나는 전망과 역사에 대한 확고한 낙관이 반영되지

못했음을
　그닥 반성하지 않는다

가령 뜨거운 화덕 앞에서 일하는 사람들
가령 뙤약볕과 추위 속에서 일하는 사람들
가령 착취와 차별과 폭력과 모멸 속에서 일하는 사람들

한 시절 인연이 그들 곁이었으므로
그들의 비천하고 비좁은 이야기로 내 시가 가득찼음을
후회하지 않는다

한 시절 인연이
충분히 고귀하고 행복한 세상과 절연하고
고통만이 전부인 세상과 교통하는 일이었으므로

그 절규와 아우성으로부터
내 시가 몇 발쯤 비켜서 있지 못했음을
후회하지 않는다

내 삶의 서재는

그리운 내 삶의 서재는

다섯 명만 앉아도 비좁은 방에 열 댓명씩 모여

글을 읽고 토론하던 노동자 모임방이었고

봄이면 철망 사이로 각혈하듯 쏟아지던 장미꽃 넝쿨 보러

산책 가던 공단 담벼락이었고

최루가스 지랄탄 백골단을 피해 내달리던 도심의 골목이었고

때로는 간척지 원주민들이 안간힘으로 버티던

평택미군기지 뒤편 작은 바닷가 마을이었고

비정규직 해고 여성노동자들이 94일을 단식하는

무더운 컨테이너 농성장 안이었고

철거민 다섯 명이 불타 죽은 망루 아래

점거해 들어간 빈집이었고

한진중공업 85호 크레인 고공농성장 아래에서
해방춤을 추며 맞던 새벽바다였고
스물두 명의 얼굴 없는 희생자 영정을 모셨던
대한문 앞 쌍용자동차 해고자 분향소 천막 안이었고
무수한 CC카메라탑 송전철탑 한강교각 도심의 광
고탑 공장 굴뚝 위에
참새처럼 사람들이 올라가 있던 고공농성장 아래였고
세월호를 기억하라 이윤보다 사람이다
천둥번개우박 속에서 몇 시간째 진입을 시도하던
2014년 6월 10일의 청와대 문 앞이었고
박근혜를 구속하라 이재용을 구속하라
눈 덮힌 광화문광장 이순신동상 아래
불 하나 없던 1인용 텐트 안이었다

그렇게 세상을 읽던 내 서재는
어떤 상아탑의 권위나 고담준론이 아니었고
객관적 서술은 더더욱 아니었고
뒤늦은 평론이나 형이상학이 아니었다

밑줄 그을 문장보다
부둥켜안아야 할 일이 많았고
미문과 은유는 쓸 틈 없이
직설의 분노만 새기며 살아왔던
내 삶의 서재는

내일 다시 쓰겠습니다

그만 쓰겠습니다
추모시를

그만 쓰겠습니다
잘려나간 노동자들에 대한 얘기를

그만 쓰겠습니다
버려진 인간들에 대한 시를

그만 쓰겠습니다
적개심에 불타는 시를

그만 쓰겠습니다
결국은 나를 태우는 시를

그만 쓰겠습니다

오늘은 이미 새벽이 당도했으니

빚에 물들다

정말 아름다운 말
사도 바오로는
"사랑의 빚 외에는 아무에게든지 아무 빚도 지지 말라"
고 했지

하지만 생각해 보면
2000년 전 사도 바오로가 살던 그 시절에도
누군가에게 빚을 지우며 사는 유산계급들이 있었다는 말

평생 무산계급으로 살다 허리 ㄱ자로 굽은
엄니는 자주 살아온 날들을 회상하시지
누군들 빚을 지며 살고 싶었겠니?

동거인

한때 나 역시 바퀴벌레 같았지
등이 거멓게 탄 건설현장 잡부로
일용할 양식을 좇아 여기저기를 떠돌았지
깊은 지하에 토굴을 뚫고
지하철을 놓기도 했지

구석에 몰려 저항하면
구둣발이나 곤봉이 날아오기도 했지
노동자도 사람이다 하면
에프킬라보다 독한
최루가스를 품어대기도 했지

그런 우리가 흉측하고
무섭다고

그렇지. 모든 동거인은 무섭지

왜?

같이 살아야 하니까

인생이라는 뻘밭

멀리 갔다 왔다고 해서
인생이 깊어지는 것은 아니었다

내가 떠나온 고향
전남 벌교 바닷가 뻘밭에서 햇볕에 노출된 채
힘써 폴짝폴짝 뛰어다닌 짱뚱어나
눈 종긋 세우고
설설설 옆으로만 걷던 게가
나보다 훨씬 풍요로운 세상을
지나왔는지도 모른다

내가 주유했다는 세상이
그 짱뚱어나 게나 낙지가 살던 뻘밭보다
경이롭고 광활하고 평등하고

신나고 윤택했을 거라고
말하지 못하겠다

물론 나도 안간힘으로 뛰어보려고 했고
게걸음일망정 부끄럽지는 않으려고 노력은 해보았지만
내가 발 딛은 땅은
그들이 사는 뻘밭보다 시커먼 곳이었다.

사람값

'집값'이 아닌 '집'이 소중한 사람이 되게 하소서

'학벌'이 아닌 '상식'이 소중한 사람이 되게 하소서

드높은 '명예'보다 드러나지 않는 '평범'을 귀히 여기는 사람이 되게 하소서

'소수의 풍요'보다 '다수의 행복'을 우선하는 사람이 되게 하소서

'독점과 지배'보다 '공유와 사랑'이 필요한 사람이 되게 하소서

'사람'만이 최고라는 생각을 버리고 살아 있는 모든

것 앞에 경배하는 새로운 인간종이 되게 하소서

다만 친구가 되기를 바랍니다

나는 당신이 변하기를 바라지 않습니다

나는 당신이 당신을 낮추기를 바라지 않습니다

나는 내가 관계의 주도자가 되기를 바라지 않습니다

나는 내가 돕는 자가 되기를 바라지 않습니다

나는 당신이 나를 안전하다고 믿어주기만을 바랍니다

나는 다만 당신의 친구가 되기를 바랍니다

3부

희망의 의무

희망은
의무를 동반하지

무엇인가를 간절히 원한다는 건
어떤 절망에도 굴하지 않고
행동하겠다는 굳은 약속이
필연적으로 포함되어 있지

사랑을 꿈꿀 때
모든 걸 거는 것처럼
행동이라는 의무를 자임하지 않는
모든 희망은 가식이지

소강국면

몇 시부터 몇 시까지
신고한 대로 마치는 시위는
간지러워 못 하겠다

머리끝에서부터 발끝까지
거부하고 저항해야 한다고
잘못 배운 탓이다

허락받은 길로만 쫄쫄쫄 얌전히 따라다닌 집회로
의거나 항쟁이 이루어진 경우는 없다고
잘못 배운 탓이다

모든 일이 되도록
조용하고 원만하게 해결되기를 원하는 사람들은

그런 나를 철부지라 한다

나무야 나무야

호텔 앞 정원수에
예쁜 이름표가 걸려 있다
이 나무는 소나무과의 반송으로
5월에 꽃이 피어 이듬해 9월에
결실을 맺는다고 친철하게 적혀 있다

그 호텔 뒷문으로
음식쓰레기 박스를 밀고 나온
어린 청년은 비정규직인데
2년 안에는 무조건 잘리고
그 후의 인생은 모른다고 한다

빈손의 빈손

두 손은 펼치고 있을 때가
가장 편하고 자유롭지
무언가를 움켜쥐고 놓지 않으려면
움켜쥔 손을 움켜쥐고 있는
내 영혼까지 움켜쥐고 있어야 하지

물론 나도 때로는 움켜쥐지
누군가를 위험으로부터 구해야 할 때
그리고, 너나 너희가 빼앗아 간 것들을 내놓으라 할 때
사랑하는 사람을 지켜야 할 때
두 주먹을 불끈 쥘 때가 있지

하지만 그 주먹도
다시 펼치고 나면 그만

그 무엇도 거기 남기지 않지

눈부신 폐허

영세 인쇄공장과 공구상가가 겹치는
을지로 오래된 골목 안에
사십여 년 부녀가 대를 이어
녹슨 셔터 내렸다 올리는
선술집 OB베어가 있지

가게 평수를 늘리지 말 것
노가리 가격은 천 원으로 할 것
고된 일 마친 노동자들 한잔 값은 아껴
과자 봉지라도 하나 사 들고 가족들 품으로 돌아가게
밤 11시엔 꼭 문 닫을 것

이 소박한 OB베어 따라
키 작은 가게들 하나둘 모여

장안의 명물 '노가리 골목'이 되었지

이 골목에 돈 많은 이 하나 들어와
근처 노가리집 모두 인수하고도 모자라
OB베어가 세 든 건물도 매입하곤 나가라 한다지

얼마나 먹어야 그 배가 다 찰까
…불빛 환한 이 지옥
이 눈부신 폐허

있지 없지

공터가 없으면
소란은 어디로 갈까

잡념이 없으면
고요가 끼어들 틈이 없겠지

거짓과 가식에 찌든 가난한 영혼의 절규가
부동의 진실보다 투명할 때가 있지

내가 그렇다고 해서
너가 그럴 까닭은 없지

가진 게 많으니
없는 게 있기도 하지

없는 게 많을수록

있는 게 많아지기도 하지

희한한 셈법

대우조선해양 비정규직 파업 40여 일 만에
사측이 입은 손해가 7천억 원에 달한다고 했다
비정규직들에게 이 손해에 배상 책임을 묻지 않으면
경영주들이 '업무상 배임'에 걸린다고 했다

그간 조선업 불황이다 코로나19다 하며
7만 6천 명의 비정규직들을 잘라내고
남아 있는 비정규직 임금 30%를 강탈해간 건
'업무상 치적'이었다

1,482,250평이나 되는
세계 최대 규모 조선소에서 점거라고 해봤자
 유최안 조합원이 도크 바닥 가로 세로 1m짜리 좁
은 철창에

자신을 짐승처럼 가두고 '함께 살자'고 호소했던 게
전부

  그들은 셈도 틀렸다
  그들의 얘길 100% 신뢰한다면
  수십 억의 정당한 보수를 지급하지 않기 위해
  7천억 원의 손실이 나도록 어떤 해결책도 마련하
지 않은 게
  진짜 '업무상 배임'이었다

  법정관리사인 국책은행을 통해
  대우조선해양을 관리하는 실질적 주인은 이 국가
와 정부
  그들은 '노사 문제'는 자율로 풀라며

조선소 내에 육지경찰들을 배치하고
농성자들에게 체포영장을 발부하며
특공헬기를 띄워 진압을 예고했다

…파업이 끝나고
대우조선해양의 공시 자료 어디에도
7천억 원의 손실은 정확히 기록되지 않았지만
국가와 정부는 예정대로 '손배가압류'를 진행시켰다
언론에서는 단 한 건의 검증 기사도 나오지 않았다

종신형

역사를 일렬로 세우고

노동3법을 집단으로 연행하고

진보정당과 민주노조를 해산시키고

평범한 예술인 2만여 명을 블랙리스트로 사찰 검열 배제하고

광화문 네거리에서 물대포를 쏴대던

박근혜가 구속되어 25년형을 언도받았지만

도무지 신이 나지 않았다

1,100만 비정규직이라는 처참한 종신 감옥

나는 정규직으로 살아남아야 한다는 비정한 생존 경쟁의 감옥

실업과 대출과 치솟는 물가와 전월세라는 자잘한 생활의 감옥

분단의 사슬이라는 오래된 감옥

온갖 지배이데올로기들로 무장된 삼중 사중의 감옥

감옥에 갇혀 있는 것은 박근혜가 아니라

아직도 우리 아닌가라는 서글픔에

오래 잠겨 있었다

대한민국 헌법 1조

대한민국 헌법 1조 2항
대한민국의 주권은 국민에게 있고
모든 권력은 국민으로부터 나온다

맞는 말이다. 3항이 추가되면
더 진실한 헌법이 될 것이다

3항
권력을 이양당한 국민 대다수는
다음 선거 전까지는
권리부재의 궁민이 된다

대한민국은 민주공화국이다는
1항도 좀 더 설득력 있으려면

"다만, 앞으로도 한동안 대한민국은
다국적 재벌과 소수 특권층의 이익을 우선하는
민주공갈국의 소임을 다한다"는
경과규정이 추가될 필요가 있다

블랙리스트

촛불항쟁이 끝나고
새로운 정부가 들어서고도
전화기가 가끔 지지거리고 끊겼다
누가 나를 또 사찰 검열하는 걸까
국정원일까 경찰청 정보과일까
기무사에서 이름을 바꾼 국가안보지원사?
아니면 다시 보수재집권을 노리는 재벌들의 사조직?
지레 의식이 움츠러들었다

녹취가 될 수도 있으니
법망에 걸리지 않을 말을 골라야 했다
통화 중에도 구체적인 사람 이름은 피하고
메일은 최대한 무미건조하게 쓴다
가난한 살림이지만 때때로

컴퓨터 하드를 통째 갈아야 한다. 올해는
몇 번쯤 통신기록 조회가 됐을까
궁금하고, 신용카드 한 번 쓸 때마다
이건 어떤 혐의나 증거가 될까 망설이게 되었다

이런 걸
자기 검열이라고 한다지
이러다가 사람이 미치고
이러다가 사람들이 알아서 체제에 순응해간다지
이러다가 언론출판결사표현의 자유가
모든 자율과 창의가
맹탕이 되기도 한다지

그렇게 사람들이 알아서 덜어낸

자유로운 영혼의 피를 먹고

비로소 전체주의의 망령이 되살아날 거라는

우울한 생각까지도

돌이켜보면

긴 사찰과 검열의 완성이었다

노인들을 위한 국가는 없다

—세계 노인의 날을 맞아

홀연히 벗어놓고 떠난 내 육신을
고독사라고 부르지 마세요
행려사라고 부르지 마세요

내 목에 올가미를 걸고
내 다리에 돌주머니를 매달고
내 가슴에 맹독을 퍼뜨리고
내 숨자락에 가스를 채우고
내 팔뚝에 금을 그은 건

내가 아닌 이 국가이니
나를 버린 건 가난한 내 가족이 아닌
소수만 천문학적으로 부유한 이 국가이니
서로를 버릴 수밖에 없었던

내 가족들을 모욕하지 말고

저 죄없는 겨울 찬바람에게
왜 외투를 나눠주지 않았냐고 탓하지 말고
뜨거운 여름볕에게
왜 시원한 얼음물을 나눠주지 않았냐고 탓하지 말고
당연히 낮은 곳으로 흐르는 폭우를 탓하지 말고
창문이 없어 방문할 수 없었던 햇볕을 탓하지 말고

상호부조와 돌봄과 공존의 가치가 부재한
이 무한경쟁 적자생존의 세상을 증오해야지요
부자들을 위해선 온갖 혜택과 감세와 공적자금지원에
나서지만
가난한 자들과 그 노년들을 위한

어떤 복지도 안전망도 설치하지 않는
이 못된 국가를 탓해야지요

옥탑방과 창문 없는 고시촌과
싸디싼 반지하와 노숙의 거리에 찬바람이 부는 오늘
그래도 우리를 기억해주는
당신들이 있어 조금은 따뜻하군요
모두의 건투를 빌게요

지금 내리실 역은 이태원역입니다

2022년 10월 29일 밤 6시 34분
(경찰) 긴급신고 112입니다
…지금 너무 소름끼쳐요

2022년 10월 29일 밤 8시 9분
(경찰) 긴급신고 112입니다
막 넘어지고 난리가 났고 다치고 하고 있거든요
(경찰) 이태원 3번 출구 맞은편? (신고자) 네. 네
(경찰) 길 건너인가요? (신고자) 네. 길 건너서요
…네. 부탁 좀 드릴게요. 감사합니다

2022년 10월 29일 밤 8시 33분
(경찰) 긴급신고 112입니다
사람들 지금 길바닥에 쓰러지고 막 지금 너무 이거

사고 날 것 같은데, 위험한데

　…큰일 날 것 같은데… 지금 심각해요 진짜

　…제가 영상 찍어놓은 것도 있는데 보내드릴 방법
있을까요?

　(경찰) 112 문자로 보내시면 됩니다

　…다른 친구 걸로 해도 되나요?

　(경찰) 아, 뭐 친구분 걸로 하셔도 될 것 같아요

　2022년 10월 29일 밤 8시 53분

　(경찰) 긴급신고 112입니다

　사람들이 압사당하고 있어요 거의…

　(경찰) 압사를 당하고 있다고요?

　…네네, 아수라장이에요. 아수라장

2022년 10월 29일 밤 9시

(경찰) 긴급신고 112입니다

지금 대형사고 나기 일보 직전이에요

…네. 네. 지금 바로 오셔야 할 거 같아요. 긴급출
동하셔야 될 거 같은데요

　…사람들이 지금 밀려요 지금 계속… 저는 지금 구
조 돼 있고요

2022년 10월 29일 밤 9시 2분

(경찰) 긴급신고 112입니다

진짜 사고날 것 같아요. 사람들 다 난리 났거든요.

　…네. 여기 진짜 길 어떻게든 해주세요. 진짜 사람
죽을 것 같아요

2022년 10월 29일 밤 9시 7분

(경찰) 긴급신고 112입니다

이태원 위쪽 할로윈 거리인데요.

…여기 지금 사람들 너무 많아서 압사당할 위기 있

거든요

2022년 10월 29일 밤 9시 10분

(경찰관) 긴급신고 112입니다

지금 여기 다 사람들이 압사당할 것 같아요

…압사당할 것 같다고요. 축제 중인데. (경찰) 예, 예.

…아, 저기 저기, 상태가 심각해요. 안쪽에 막 애들

막 압사당하고 있어요

2022년 10월 29일 밤 9시 51분

(경찰) 긴급신고 112입니다

지금 되게 위험한 상황인 거 같거든요. 지금 여기…, 아우…

…네. 빨리 좀 와주세요

2022년 10월 29일 밤 10시

(경찰) 긴급신고 112입니다

여기 지금 이태원 사람 많잖아요. 예, 근데, 거기서 아우… 막 골목에서 내려오기가 막 밀고 압사당할 거 같애서 통제 좀 해주세요. 예?

…가자, 이제 전화 끊어도 되죠

(경찰) 예, 출동해볼게요. …전화 끊으셔도 됩니다

2022년 10월 29일 밤 10시 11분

(경찰) 긴급신고 112입니다

여기, 압사될 것 같아요, 다들 난리 났어요.

(경찰) 예, 압사

…아~ (비명소리) 아~ (비명소리), 이태원 뒷길요
이태원 뒷길

2022년 10월 29일 밤 10시 21분 소방대 도착했지만 현장 접근 어려움.

2022년 10월 30일 오전 3시. 소방당국, 사망자 120명, 부상자 100명 발표

2022년 10월 30일 오전 6시. 소방당국, 사망자 149명, 부상자 76명 발표

2022년 10월 30일 오전 9시 30분. 소방당국, 사망자 151명, 부상자 82명 발표

"네. 네. 알려주셔서 감사합니다"

그렇게 2022년 10월 29일 밤 축제가 열리던
이태원 골목에서 156명의 청춘들이 압사당했지
대통령과 정부여당은 안전대책회의 요구에 "내년
예산안 논의가 먼저라 하고
대통령실은 '주최자'가 특정되지 않았으므로
경찰과 행정력은 법적 제도적으로 아무런 권한이
없어 책임이 없다 하고
국무총리는 사고를 전하는 외신기자단회견장에서
농담따먹기를 하며 희멀건 얼굴로 피식피식 웃고
행정안전부장관은 당일 오후에 있었던 광화문 소
요와 시위대 탓이라 하며

경찰이나 소방 인력이 미리 배치되어서 해결될 문제는
아니었다고 덧붙였고
구청장은 할 일을 다했다고 했지

경찰은 뒤늦게 누가 최초로 밀었는지를 찾겠다고
경찰 501명을 투입해 특별수사본부를 편성했지
경찰청 정보국은 단 이틀 만에 신속히 "정부 부담
요인에 관심 필요"라는
… 주요 단체와 인사 동정이 사찰된 대외비 문건을
작성했지
정부 대응 지침은
"참사, 희생자라는 용어를 사고, 사망자로 통일하라."
였지
"현장의 참혹한 사진들 유포를 막고 영정에서조차

얼굴을 지우라."였지
　"신속한 애도로 정부비판의 흐름을 죽여라."였지

　2014년 진도 앞 바다에서 세월호 승객들을 구하지
않고
　진실규명을 방해하고 책임을 회피한
　박근혜는 끝내 구속되었지

　사고라니 참사라니 살인이지 학살이지
　4시간 전부터 다급했던 11번의 긴급구조 신고를
받고도
　태평한 국가가 죽인 거지

　헌법 제32조 6항

"국가는 재해를 예방하고 위험으로부터 국민을 보호하기 위해 노력해야 한다."

2022년 10월 29일 오후 6시 34분 이후
주도면밀하게 이 죽임의 축제를 주최한 자는 대한민국 정부지
11번의 긴급구조 신고를 받고도
156명의 숨이 멎어갈 동안 있지 않았던 정부는
있을 필요가 없는 정부지
그 책임을 거부한 정부는 정부가 아니지
아무도 어떤 책임도 지지 않고 있는 정부는 정부가 아니지

지금 내리실 역은 용산참사역입니다

…2009년 용산 철거민학살 진상규명 투쟁 과정에
동료 문학인들과 편집해 엮은 르포산문집 이름이지

2009년 우리는 그렇게 매일 용산역에서 내렸지

거기서 구청과 특공경찰과 사제용역깡패들로 이루어진
삼각편대 공권력이 오갈 곳 없는 망루 끝까지 철거민
들을 몰아
다섯 명의 철거민들을 불태워 죽였지

공무라 했지

살아남은 철거민들만 구속되었지
함께 망루에 올랐다 살아남은 아들이 아버지를 죽였다고

구속됐지

오세훈이 서울시장 이명박이 대통령이었지

촛불항쟁으로 그들이 세운
또 다른 대통령을 탄핵하고 촛불정부를 세웠지만
용산 학살의 주역들은 단죄되지 않았고
용산 철거민 희생자들과 구속자들의 진상규명과
명예는 끝내 회복되지 않았지
세월호 진상규명도 이루어지지 않았지

권력이 된 그들은 말했지
앞으로 나아갈 일들이 많은데
지난 일에 연연하는 건 미숙한 생각으로

편협하고 지혜롭지 못한 일이라고
20년 집권을 하려면 과거청산은 적당히 하고
관료들과 재벌들을 살살 달래며 함께 가야 한다고

…그렇게 얽히고설켜
…2021년 오세훈이 다시 서울시장이 되고
…2022년 이명박의 후예들이 대통령실을 다시 장악
했지

그러곤 2022년 10월 29일
159명의 청년들이 압사당하고도
그 누구도 책임지지 않는 비열한 시대에
"지금 다시 내리실 역은 이태원역입니까?"

…여전히 이건 참사가 아니지 학살이지
애도만 해도 충분한 일이 있는 반면
다함께 분노해도 모자란 일들이 있지

이런 소리가 불편하다고, 그래도 할 수 없지
…그때 문이 열렸지
지옥으로 가는 문이 말이야

우울이란 나의 불건강함을 변명하기 참 좋은 음식입니다.
비애란 나의 텅 빈 무지를 감추어줄 참 좋은 망토입니다.
체념은 나의 나태를 묻어줄 참 좋은 연장입니다.

자본과 권력은 그런 우리의 우울과 비애와 체념과 좌절을 사랑하지요. 그 푹 썩은 거름들 위에서 당도 높은 과실들이 주렁주렁 열리니까요.

…많은 말을 하며
어제까지는 잘 살았던 것 같습니다.
그러나 그게 무슨 소용이겠습니까.
무슨 말도 잘 떠오르지 않고 세상과 삶이
안개 속처럼 뿌옇고 흐릿한 날이 있습니다.
오늘이 조금 그렇습니다.

내일 다시 써보겠습니다.

0.68평의 詩

···가끔 2011년 한진중공업 정리해고 반대 희망버스 운동을 마치고 잠깐 구속되어 있던 부산구치소 독방 생각이 납니다. 0.68평밖에 안 되는 작은 공간에 빵끼통 구멍 하나가 뚫려 있는 작은 화장실 하나가 붙어 있었는데, 내가 이런 행복을 누려도 되나 조심스러웠습니다.

언제 잡혀 갈지 피말리던 6개월여의 수배 생활도 끝났고, 투쟁은 승리했으니 미련 둘 게 없었습니다. 단 하루도 쉴 수 없었던 실무일과 운동의 방향을 둘러싼 첨예한 긴장과 논쟁들, 그리고 내 모자람으로 사람들에게 주던 상처들로부터도 벗어나 혼자 되었으니 살 것 같았습니다. 누렇고 검은 인분이 딱지처럼 붙어 있는 변기를 치약 두 통을 들여 하얗게 닦아두고 거기서 세수도 하고 설거지도 하며 즐거웠습니다.

창살 사이로 오전 나절에만 잠깐 방문하는 햇빛에

누렇게 뜬 얼굴을 쬐며 광합성을 하기도 했습니다. 사람의 그럴듯한 입과 구린 뒤가 그리 멀리 있지 않다는 것을 느끼며 최소한 나 또한 그런 사람이라는 길 잊지 않고 살아야겠다는 생각도 고마웠습니다.

…멀지 않은 기억 속, 2016년 겨울과 2017년 봄 언저리까지 서울 광화문 이순신동상 아래에 놓였던 작은 1인용 원터치 텐트도 기억납니다. 또 다른 전체주의를 꿈꾸던 한 얼간이 독재자와 그 하수인들을 권좌에서 끌어내리는 역사의 한복판이었습니다.

하늘로 던지기만 하면 순식간에 동그랑땡처럼 부풀어 펴지는 장난감 같은 텐트였습니다. 칠 수나 있을지, 성공하더라도 언제 경찰들에게 뜯길지 몰라 벗이 청계천 상가에서 제일 싼 것을 구해 왔었습니다. 이것 역시 한 평도 채 되지 않았습니다. 일어나 앉으면 머리가 천장에 닿고 누우면 머리와 발끝이 위아래에 닿는 작은 텐트였습니다. 살림이라곤 랜턴 하나와 간단한 세면도구, 그리고 몇 벌의 내의와 방한복이 전부였습니다. 근처 호텔의 화장실에 온수가 나와서 그 겨울 가끔 얼굴은 닦을 수 있었습니다. 밤엔 손난로 몇 개를 침낭 속에 넣고 잤는데 실제 온열기는 36.5도짜리 내 몸뚱이였던 것 같습니다. 자고 나면 내 몸의 열기와 밖의 한기가 텐트 천장에서 만나 송글송글 맺힌 물방울들이 뚝뚝 떨어져 침낭이 흥건히 젖어 있었습니다.

그래도 행복했습니다. 내가 이런 역사의 한복판에 함께 있을 수 있다니 고마운 마음이었습니다. 그곳에서 덤으로 타워팰리스에 살지 않아도, 수많은 가구와 그릇들과 가전기구들을 가지지 않아도 이렇게 소박하게 살 수 있구나를 배웠습니다.

…내 시의 언어들이 그런 현장에서의 작은 배움을 잊지 말기를 바랍니다. 내 시가 그럴듯한 명분들에 기대지 말길 바라며, 이미 지나버린 과거의 나로 현재의 나를 가리거나 치장하지 않길 바랍니다. 분노하는 일이 관습이나 체면치레처럼 굳어지지 않기를 바라며, 사랑한다는 일들에 대한 언급이 조금은 더 깊어지기를 기다리며 적어지기를 바랍니다.

눈물과 상처가 있는 세계의 중심

고명철(문학평론가, 광운대 교수)

1.

송경동 시인은 주저없이 말한다. "가령 뜨거운 화덕 앞에서 일하는 사람들/가령 뙤약볕과 추위 속에서 일하는 사람들/가령 착취와 차별과 폭력과 모멸 속에서 일하는 사람들//한 시절 인연이 그들 곁이었으므로/그들의 비천하고 비좁은 이야기로 내 시가 가득찼음을/후회하지 않는다"(「한 시절 잘 살았다」), 그리고 "거룩한 것들은 왜 모두/아프고 가난한가"(「눈물겨운 봄」)라고. 이렇게 그는 낮고 비루하고 보잘것없는 삶의 현실을 살아내고 있는 사람들 곁에서 시를 쓴다. 그래서 그가 시를 궁리하는 서재는 어엿한 집필 공간이 아니라 우리 시대의 도처에서 생겨나고 있는 폭압과 착취와 죽음이 엄습하는 삶의 현장 속이다.

2.

그렇게 세상을 읽던 내 서재는

어떤 상아탑의 권위나 고담준론이 아니었고

객관적 서술은 더더욱 아니었고

뒤늦은 평론이나 형이상학이 아니었다

밑줄 그을 문장보다

부둥켜안아야 할 일이 많았고

미문과 은유는 쓸 틈 없이

직설의 분노만 새기며 살아왔던

내 삶의 서재는

―「내 삶의 서재는」 부분

송경동 시의 바탕, 달리 말해 송경동의 시학(詩學)의 실재를 단박에 알아챌 수 있다. 그의 시가 삶의 현장에 넓게 깊은 뿌리가 뻗쳐 있듯, 악무한의 세계에 대한 그의 삶과 시의 투쟁은 에돌아가지 않는다. "직설의 분노"는 그의 시의 정치윤리적 감각이 생성하는 시의 감응력이되, 그것은 시 텍스트의 경계를 넘어 삶의 현장에 곧바로 개입하는 시적 실천의 힘을 보증한다. 가령, 인도의 간디가 죄악으로 삼았던 7가지 악덕이 새겨진 돌의 비문, "철학 없는 정치/도덕 없는 경제/노동 없는 부/인격 없는 교육/인간성 없는 과학/윤리 없는 쾌락/헌신 없는 종교"(「8대 죄악」)를 상기하는 데서 끝나지 않고, "간디의 소망대로 위 일곱 가지에 기생하는 악인들이/파문되는 세상이 온다면 얼마나 좋을까/당연하다는 생각에/그가 빼놓았을 나머지 한 가지는/'싸우지 않는 인민'일 것이다"(「8대 죄악」)는 데서 확연히 알 수 있듯, 송경동은 우리가 간디의 7대 죄악을 뚜렷이 인식한다면 그에 자족할 게 아니라 그것을 일소하는 노력을 다해야 한다는, 그래서 그 부정한 것들에 대한 치열한 쟁투를 마다하지 않아야 한다는 정치윤리적 감각과 실천을 주목한다. 즉 모순과 불의와 부정한 것들에 대한 앎과 이것들에 대한 저항과 투쟁은 병행되어야 한다. 그러지 않을 때 송경동은 간디의 계율을 '8대 죄악'으로 수정한다. 그렇다면, 예의 '8대 죄악'에

대한 시적 저항과 투쟁은 송경동의 시학을 이해하는
데 매우 적실하다.

3.

　이와 관련하여, 이번 시집에서 각별히 눈에 띄는
것은 전 지구적 자본주의 세계체제에서 목도되고 있
는 세계악(世界惡)이며, 이에 대한 시인의 비판적 저
항과 투쟁 그리고 국제적 민중연대의 시적 실천이다.

　　더불어 오래도록 잊혀지지 않는 건
　　에메랄드빛 해변이 펼쳐진 세계 제일의 휴양지
　　도심 신축빌딩 공사장에서
　　검은 황태처럼 뙤약볕에 바짝 말라가며
　　커다란 망치와 정으로 콘크리트를 까고 있던
　　맨발의 소년 노동자였다

　　(중략)

해질녘 시카고 도심 빌딩 사이 작은 틈바구니에

때 전 모포 한 장을 둘러쓰고 있던

내 또래 흑인 사내 하나와

그가 껴안고 있던 작은 아이들 둘

멈춰 선 나를 가만히 올려다보던

그들의 아득한 저녁

잊을 수 없는 건

영광이 아닌 비참

뜻 세웠던 곳보다 마음 무너졌던

그곳이 세계의 중심

누군가의 눈물과 상처가 있는 곳

그곳이 이 세상에서 가장 선한 힘이 새로 돋는 곳

─「세계의 중심」 부분

"WTO 세계각료회담 저지를 위해" 방문한 멕시코의
도시 칸쿤과 "브룩클린 국제도서전에//초청 시인"이
었던 송경동에게 불도장을 찍은 기억의 장면은 열악
한 노동 환경 아래 건설 노동을 하고 있는 "맨발의

소년 노동자"와 도심의 슬럼가에서 한밤의 간난을 견뎌야 할 "흑인 사내 하나와/그가 껴안고 있던 작은 아이들 둘"이다. 시인에게 이들의 모습은 결코 낯설지 않다. 피부색이 다르고 삶의 구체적 환경이 다를 뿐 자본주의 세계체제를 지탱해주는 정치경제적 기득권을 더욱 굳건히 하기 위한 각종 제도권의 유무형의 권력 아래 정치경제적 약자의 삶은 좀처럼 나아질 기미가 보이지 않는다. 그들은 세계의 중심부 권력의 지배에 속수무책 갈수록 세계의 후미진 구석으로 내몰린 삶의 형국이다. 하지만, 바로 여기서 시인의 시적 저항과 투쟁이 발산하는 전복의 상상력을 주시해야 한다. 예의 약자가 내몰린 바로 그곳, "누군가의 눈물과 상처가 있는 곳"은 타락한 중심의 권력으로부터 배제 · 추방 · 버림의 장소가 아니라 중심부의 부정과 타락을 뚜렷이 응시하고 명철하게 인식하며, 그래서 저항과 투쟁으로서 갱신의 삶의 기운을 북돋우는, 바꿔 말해 그동안 우리가 망실하고 있던 '불온한 혁명'을 실천할 수 있는 희망의 장소다. 그러므로 송경동에게 멕시코-미국-한국의 민중연대는

지구적 자본주의 세계체제에서 응당 자연스러운 국제적 민중운동의 실천이다. 이것은 미얀마의 민주화 운동 과정에서 쿠데타군에게 목숨을 잃은 미얀마의 시인(켓티)의 숭고한 뜻에 연대하는, "'이젠 내가 켓티다'라고 얘기해주는 것이다"(「A는 B다」)에서도 단호히 나타난다.

4.

이번 시집에서도 송경동은 시의 정치윤리적 감각과 그 시적 감응력이 생성하는 시의 실천이 어떤 것인지를 수행한다. "행동이라는 의무를 자임하지 않는/모든 희망은 가식이지"(「희망의 의무」)에서 숙고할 수 있듯, 세계악을 응시하고 그것에 대한 저항과 투쟁 그리고 전복을 꾀하는 일은 우리의 삶과 현실을 가감없이 대면하는 리얼리스트의 진면목이다. 그래서 감히 말하건대, 리얼리스트 송경동의 다음과 같은 묵시록적 경고를 간과해서는 곤란할 것이다.

진실과 오랫동안 비대면해온

인간 스스로이다

우리가 끝내 우리의 유한한 삶과

무한한 세계에 대한 영원한 무지에 대해 인정하고

한없이 소박해지지 않는 한

도미노처럼 쓰러져가는

세계의 재난은

끊이지 않을 것이며

파국은

멈추지 않을 것이다

—「비대면의 세계」부분

송경동에 대하여

그는 일관되게 편향과 편파의 시인이다. 사는 내내 변할 것 같지 않은 체제의 부적응자이거나 A급 블랙 리스트다. '영광이 아닌 비참' 쪽에 마음을 두는 사람. 김남조인 줄 알고 찾아갔으나 김남주를 만나 인생이 제대로 꼬인 사람. 그리하여 송경동이라는 고유한 역정의 장르를 만들어낸 사람. 우리가 아직도 '용산참사역'도 '이태원참사역'도 빠져나오지 못하고 있다고, 시인의 심장을 떼어 내다 버린 악령들과 한 하늘을 지고 살고 있다고, 외로이 파수를 서며 외치는 사람. 진실로 떼어 버려야 할 것들이란 '이 눈부신 폐허'라고 외치는 사람. 나는 그 속내 깊은 직설이 강 건너에서 던지는 친구의 물수제비 같아서 사위를 둘러보게 되는데, 연이어 차돌 같으나 평평하고 뜨끔하나 따뜻한 파문이, 또 밀려오는 것이었다.

문동만(시인)

여기, 이 세계의 야만과 폭력을 증언하고 불온한 세계를 꿈꾸다 잡혀가는 시인이 있다. 불온한 연장인 시로써, 지하생활자들의 운명에 대해 증언하는 자. 일찍이 추방된 시인들의 후예. 시인이라는 이름보다는 전사이기를 더 원하는, 다만 혁명을 꿈꾸는 나비, 일용공비정규직이라는 암호명을 가진 사람이 있다. 그는 생의 정거장마다 빨간불이 켜진 영혼들을 위해 노래하는 자. 불타는 지하에서 작업복과 공구들을 깨내 살아 있는 시로 만드는 자. 노동자들의 또 다른 거울인 손, 주름, 사다리, 공구들, 작업복이 흘리는 눈물을 받아 적는 시인. 산자들을 위해 산재시, 죽은 자들을 위해 조시를 쓰는 시인 송경동.

이설야, 「혁명을 꿈꾸는 나비」, 『열린시학』 통권 제80호.

그의 시를 읽으면 프랑스 화가 조르주-앙리 루오의 연작 〈미제레레(Miserere)〉 앞에 우두커니 서 있는 기분이 든다. 루오는 이렇게 말한 적이 있다. '고통이나 비참함 앞에서 달아나지 마라. 덧없는 이익들, 특권들, 일시적인 명예들 때문에 네 자신 안에 네가 그리도 잘 느끼고 있는 것의 가장 작은 조각도 양보하지 마라.' 송경동의 모든 시에서는 이 원칙이 윤리적 명령처럼 깊게 울려 나온다.

그런데 이 시집에서 정말 놀라운 것은 고통 곁에 머무는 시인의 목소리가 너무나 명료하다는 점이다. 고통과 비통함에 관한 한 최고의 대가였던 프리모 레비의 성찰에서 나는 그 명료함의 이유를 찾을 수 있을 것 같다. 레비는 세계의 비참 속에서 홀로 죽어 가는 이들, 절망 속에서 자포자기에 이르는 이들의 목소리는 불분명하고 모호해서 마치 동물의 울음소리와 같다고 했다. 하지만 알아들을 수 없는 울음의 곁에서 고통을 전하려는 사람의 목소리는 명료하지 않으면 안 된다고 그는 덧붙였다. 명료하면서 쓸모없을 수 있고, 명료하면서 부정직할 수 있으며, 명료하면서 천박할 수도 있지만, 명료하지 않으면 메시지는 없다는 것이다. 나는 이 말에 다시 덧붙여 레비의 귀에 속삭여주고 싶다. 여기 명료하면서 쓸모 있고, 정직하며, 고귀한 시들이 있다고.

진은영(시인)

K-포엣

내일 다시 쓰겠습니다

2023년 12월 19일 초판 1쇄 발행
2024년 2월 8일 초판 4쇄 발행

지은이 송경동
펴낸이 김재범
펴낸곳 (주)아시아
출판등록 2006년 1월 27일 제406-2006-000004호
주소 경기도 파주시 회동길 445 (서울 사무소: 서울시 동작구 서달로 161-1, 3층)
전자우편 bookasia@hanmail.net

ISBN 979-11-5662-317-5 (set) | 979-11-5662-654-1 (04810)

값은 뒤표지에 있습니다.
이 책은 경기도, 경기문화재단의 지원을 받아 발간되었습니다.

바이링궐 에디션 한국 대표 소설

한국문학의 가장 중요하고 첨예한 문제의식을 가진 작가들의 대표작을 주제별로 선정!
하버드 한국학 연구원 및 세계 각국의 한국문학 전문 번역진이 참여한 번역 시리즈!
미국 하버드대학교와 컬럼비아대학교 동아시아학과, 캐나다 브리티시컬럼비아대학교 아시아
학과 등 해외 대학에서 교재로 채택!

바이링궐 에디션 한국 대표 소설 set 1

분단 Division

01 병신과 머저리-이청준 The Wounded-Yi Cheong-jun
02 어둠의 혼-김원일 Soul of Darkness-Kim Won-il
03 순이삼촌-현기영 Sun-i Samch'on-Hyun Ki-young
04 엄마의 말뚝 1-박완서 Mother's Stake I-Park Wan-suh
05 유형의 땅-조정래 The Land of the Banished-Jo Jung-rae

산업화 Industrialization

06 무진기행-김승옥 Record of a Journey to Mujin-Kim Seung-ok
07 삼포 가는 길-황석영 The Road to Sampo-Hwang Sok-yong
08 아홉 켤레의 구두로 남은 사내-윤흥길 The Man Who Was Left as Nine Pairs
of Shoes-Yun Heung-gil
09 돌아온 우리의 친구-신상웅 Our Friend's Homecoming-Shin Sang-ung
10 원미동 시인-양귀자 The Poet of Wŏnmi-dong-Yang Kwi-ja

여성 Women

11 중국인 거리-오정희 Chinatown-Oh Jung-hee
12 풍금이 있던 자리-신경숙 The Place Where the Harmonium Was-Shin
Kyung-sook
13 하나코는 없다-최윤 The Last of Hanak'o-Ch'oe Yun
14 인간에 대한 예의-공지영 Human Decency-Gong Ji-young
15 빈처-은희경 Poor Man's Wife-Eun Hee-kyung

바이링궐 에디션 한국 대표 소설 set 2

자유 Liberty

16 필론의 돼지-이문열 Pilon's Pig-Yi Mun-yol
17 슬로우 불릿-이대환 Slow Bullet-Lee Dae-hwan
18 직선과 독가스-임철우 Straight Lines and Poison Gas-Lim Chul-woo
19 깃발-홍희담 The Flag-Hong Hee-dam
20 새벽 출정-방현석 Off to Battle at Dawn-Bang Hyeon-seok

사랑과 연애 Love and Love Affairs

21 별을 사랑하는 마음으로-윤후명 With the Love for the Stars-Yun Hu-myong
22 목련공원-이승우 Magnolia Park-Lee Seung-u
23 칼에 찔린 자국-김인숙 Stab-Kim In-suk
24 회복하는 인간-한강 Convalescence-Han Kang
25 트렁크-정이현 In the Trunk-Jeong Yi-hyun

남과 북 South and North

26 판문점-이호철 Panmunjom-Yi Ho-chol
27 수난 이대-하근찬 The Suffering of Two Generations-Ha Geun-chan
28 분지-남정현 Land of Excrement-Nam Jung-hyun
29 봄 실상사-정도상 Spring at Silsangsa Temple-Jeong Do-sang
30 은행나무 사랑-김하기 Gingko Love-Kim Ha-kee

바이링궐 에디션 한국 대표 소설 set 3

서울 Seoul

31 눈사람 속의 검은 항아리-김소진 The Dark Jar within the Snowman-Kim So-jin
32 오후, 가로지르다-하성란 Traversing Afternoon-Ha Seong-nan
33 나는 봉천동에 산다-조경란 I Live in Bongcheon-dong-Jo Kyung-ran
34 그렇습니까? 기린입니다-박민규 Is That So? I'm A Giraffe-Park Min-gyu
35 성탄특선-김애란 Christmas Specials-Kim Ae-ran

전통 Tradition

36 무자년의 가을 사흘-서정인 Three Days of Autumn, 1948-Su Jung-in
37 유자소전-이문구 A Brief Biography of Yuja-Yi Mun-gu
38 향기로운 우물 이야기-박범신 The Fragrant Well-Park Bum-shin
39 월행-송기원 A Journey under the Moonlight-Song Ki-won
40 협죽도 그늘 아래-성석제 In the Shade of the Oleander-Song Sok-ze

아방가르드 Avant-garde

41 아겔다마-박상륭 Akeldama-Park Sang-ryoong
42 내 영혼의 우물-최인석 A Well in My Soul-Choi In-seok
43 당신에 대해서-이인성 On You-Yi In-seong
44 회색 時-배수아 Time In Gray-Bae Su-ah
45 브라운 부인-정영문 Mrs. Brown-Jung Young-moon

바이링궐 에디션 한국 대표 소설 set 4

디아스포라 Diaspora

46 속옷-김남일 Underwear-Kim Nam-il

47 상하이에 두고 온 사람들-공선옥 People I Left in Shanghai-Gong Sun-ok

48 모두에게 복된 새해-김연수 Happy New Year to Everyone-Kim Yeon-su

49 코끼리-김재영 The Elephant-Kim Jae-young

50 먼지별-이경 Dust Star-Lee Kyung

가족 Family

51 혜자의 눈꽃-천승세 Hye-ja's Snow-Flowers-Chun Seung-sei

52 아베의 가족-전상국 Ahbe's Family-Jeon Sang-guk

53 문 앞에서-이동하 Outside the Door-Lee Dong-ha

54 그리고, 축제-이혜경 And Then the Festival-Lee Hye-kyung

55 봄밤-권여선 Spring Night-Kwon Yeo-sun

유머 Humor

56 오늘의 운세-한창훈 Today's Fortune-Han Chang-hoon

57 새-전성태 Bird-Jeon Sung-tae

58 밀수록 다시 가까워지는-이기호 So Far, and Yet So Near-Lee Ki-ho

59 유리방패-김중혁 The Glass Shield-Kim Jung-hyuk

60 전당포를 찾아서-김종광 The Pawnshop Chase-Kim Chong-kwang

바이링궐 에디션 한국 대표 소설 set 5

관계 Relationship

61 도둑견습 - 김주영 Robbery Training-Kim Joo-young

62 사랑하라, 희망 없이 - 윤영수 Love, Hopelessly-Yun Young-su

63 봄날 오후, 과부 셋 - 정지아 Spring Afternoon, Three Widows-Jeong Ji-a

64 유턴 지점에 보물지도를 묻다 - 윤성희 Burying a Treasure Map at the U-turn-Yoon Sung-hee

65 쁘이거나 쓰이거나 - 백가흠 Puy, Thuy, Whatever-Paik Ga-huim

일상의 발견 Discovering Everyday Life

66 나는 음식이다 - 오수연 I Am Food-Oh Soo-yeon

67 트럭 - 강영숙 Truck-Kang Young-sook

68 통조림 공장 - 편혜영 The Canning Factory-Pyun Hye-young

69 꽃 - 부희령 Flowers-Pu Hee-ryoung

70 피의일요일 - 윤이형 BloodySunday-Yun I-hyeong

금기와 욕망 Taboo and Desire

71 북소리 - 송영 Drumbeat-Song Yong

72 발칸의 장미를 내게 주었네 - 정미경 He Gave Me Roses of the Balkans-Jung Mi-kyung

73 아무도 돌아오지 않는 밤 - 김숨 The Night Nobody Returns Home-Kim Soom

74 젓가락여자 - 천운영 Chopstick Woman-Cheon Un-yeong

75 아직 일어나지 않은 일 - 김미월 What Has Yet to Happen-Kim Mi-wol

바이링궐 에디션 한국 대표 소설 set 6

운명 Fate

76 언니를 놓치다 - 이경자 Losing a Sister-Lee Kyung-ja

77 아들 - 윤정모 Father and Son-Yoon Jung-mo

78 명두 - 구효서 Relics-Ku Hyo-seo

79 모독 - 조세희 Insult-Cho Se-hui

80 화요일의 강 - 손홍규 Tuesday River-Son Hong-gyu

미의 사제들 Aesthetic Priests

81 고수 - 이외수 Grand Master-Lee Oisoo

82 말을 찾아서 - 이순원 Looking for a Horse-Lee Soon-won

83 상춘곡 - 윤대녕 Song of Everlasting Spring-Youn Dae-nyeong

84 삭매와 자미 - 김별아 Sakmae and Jami-Kim Byeol-ah

85 저만치 혼자서 - 김훈 Alone Over There-Kim Hoon

식민지의 벌거벗은 자들 The Naked in the Colony

86 감자 - 김동인 Potatoes-Kim Tong-in

87 운수 좋은 날 - 현진건 A Lucky Day-Hyŏn Chin'gŏn

88 탈출기 - 최서해 Escape-Ch'oe So-hae

89 과도기 - 한설야 Transition-Han Seol-ya

90 지하촌 - 강경애 The Underground Village-Kang Kyŏng-ae

바이링궐 에디션 한국 대표 소설 set 7

백치가 된 식민지 지식인 Colonial Intellectuals Turned "Idiots"

91 날개 - 이상 Wings-Yi Sang

92 김 강사와 T 교수 - 유진오 Lecturer Kim and Professor T-Chin-O Yu

93 소설가 구보씨의 일일 - 박태원 A Day in the Life of Kubo the Novelist-Pak Taewon

94 비 오는 길 - 최명익 Walking in the Rain-Ch'oe Myŏngik

95 빛 속에 - 김사량 Into the Light-Kim Sa-ryang

한국의 잃어버린 얼굴 Traditional Korea's Lost Faces

96 봄·봄 - **김유정** Spring, Spring - **Kim Yu-jeong**
97 벙어리 삼룡이 - **나도향** Samnyong the Mute - **Na Tohyang**
98 달밤 - **이태준** An Idiot's Delight - **Yi T'ae-jun**
99 사랑손님과 어머니 - **주요섭** Mama and the Boarder - **Chu Yo-sup**
100 갯마을 - **오영수** Seaside Village - **Oh Yeongsu**

해방 전후(前後) Before and After Liberation

101 소망 - **채만식** Juvesenility - **Ch'ae Man-Sik**
102 두 파산 - **염상섭** Two Bankruptcies - **Yom Sang-Seop**
103 풀잎 - **이효석** Leaves of Grass - **Lee Hyo-seok**
104 맥 - **김남천** Barley - **Kim Namch'on**
105 꺼삐딴 리 - **전광용** Kapitan Ri - **Chŏn Kwangyong**

전후(戰後) Korea After the Korean War

106 소나기 - **황순원** The Cloudburst - **Hwang Sun-Won**
107 등신불 - **김동리** Tŭngsin-bul - **Kim Tong-ni**
108 요한 시집 - **장용학** The Poetry of John - **Chang Yong-hak**
109 비 오는 날 - **손창섭** Rainy Days - **Son Chang-sop**
110 오발탄 - **이범선** A Stray Bullet - **Lee Beomseon**

K-픽션 시리즈 | Korean Fiction Series

〈K-픽션〉 시리즈는 한국문학의 젊은 상상력입니다. 최근 발표된 가장 우수하고 흥미로운 작품을 엄선하여 출간하는 〈K-픽션〉은 한국문학의 생생한 현장을 국내외 독자들과 실시간으로 공유하고자 기획되었습니다. 〈바이링궐 에디션 한국 대표 소설〉 시리즈를 통해 검증된 탁월한 번역진이 참여하여 원작의 재미와 품격을 최대한 살린 〈K-픽션〉 시리즈는 매 계절마다 새로운 작품을 선보입니다.

001 버핏과의 저녁 식사-박민규 Dinner with Buffett-Park Min-gyu

002 아르판-박형서 Arpan-Park hyoung su

003 애드벌룬-손보미 Hot Air Balloon-Son Bo-mi

004 나의 클린트 이스트우드-오한기 My Clint Eastwood-Oh Han-ki

005 이베리아의 전갈-최민우 Dishonored-Choi Min-woo

006 양의 미래-황정은 Kong's Garden-Hwang Jung-eun

007 대니-윤이형 Danny-Yun I-hyeong

008 퇴근-천명관 Homecoming-Cheon Myeong-kwan

009 옥화-금희 Ok-hwa-Geum Hee

010 시차-백수린 Time Difference-Baik Sou linne

011 올드 맨 리버-이장욱 Old Man River-Lee Jang-wook

012 권순찬과 착한 사람들-이기호 Kwon Sun-chan and Nice People-Lee Ki-ho

013 알바생 자르기-장강명 Fired-Chang Kang-myoung

014 어디로 가고 싶으신가요-김애란 Where Would You Like To Go?-Kim Ae-ran

015 세상에서 가장 비싼 소설-김민정 The World's Most Expensive Novel-Kim Min-jung

016 체스의 모든 것-김금희 Everything About Chess-Kim Keum-hee

017 할로윈-정한아 Halloween-Chung Han-ah

018 그 여름-최은영 The Summer-Choi Eunyoung

019 어느 피씨주의자의 종생기-구병모 The Story of P.C.-Gu Byeong-mo

020 모르는 영역-권여선 An Unknown Realm-Kwon Yeo-sun

021 4월의 눈-손원평 April Snow-Sohn Won-pyung

022 서우-강화길 Seo-u-Kang Hwa-gil

023 가출-조남주 Run Away-Cho Nam-joo

024 연애의 감정학-백영옥 How to Break Up Like a Winner-Baek Young-ok

025 창모-우다영 Chang-mo-Woo Da-young

026 검은 방-정지아 The Black Room-Jeong Ji-a

027 도쿄의 마야-장류진 Maya in Tokyo-Jang Ryu-jin

028 홀리데이 홈-편혜영 Holiday Home-Pyun Hye-young

029 해피 투게더-서장원 Happy Together-Seo Jang-won

030 골드러시-서수진 Gold Rush-Seo Su-jin

031 당신이 보고 싶어하는 세상-장강명 The World You Want to See-Chang Kang-myoung

032 지난밤 내 꿈에-정한아 Last Night, In My Dream-Chung Han-ah

Special 휴가중인 시체-김중혁 Corpse on Vacation-Kim Jung-hyuk

Special 사파에서-방현석 Love in Sa Pa-Bang Hyeon-seok